Ostern 2001

Du bist so
perfekt
wie du bist.

Liebe Lea!

Ein kleiner Osterhase für Dich.

Viel Spaß beim Rumdüsen & Nachlesen
über Geschichten von ein paar wichtigen
Persönlichkeiten.

Ich hab Dich lieb!

Mama

Helden und Schurken

Adam Bowett

Illustriert von Chris Mould

echter

Deutsche Übersetzung: Dagmar Kolata

© der englischen Originalausgabe:
Belitha Press Limited, London 1995
© 1996 Echter Verlag Würzburg
Alle Rechte vorbehalten
ISBN 3-429-01819-6

Printed in Hongkong

INHALT

Einführung	5
Schwarzbart	6
Franz von Assisi	8
König Herodes der Große	10
Florence Nightingale	12
Al Capone	14
Kaiser Claudius	16
Mata Hari	18
Lawrence von Arabien	20
Vlad der Pfähler	22
Mahatma Gandhi	24
Dschingis Khan	26
Die Weiber von Weinsberg	28
Zeittafel	30
Register	31

EINFÜHRUNG

Ohne Helden und Schurken wäre Geschichte in der Tat sehr langweilig. In diesem Buch findest du reichlich von beiden. Einige Helden, wie etwa Florence Nightingale, hatten sich Heldentaten vorgenommen. Andere, wie Lawrence von Arabien und Claudius, sind nur widerstrebend Helden geworden. Die Weiber von Weinsberg haben schlicht und einfach ihren gesunden Menschenverstand gebraucht.

Und nun zu den Schurken. Einige, wie Schwarzbart, waren durch und durch schlecht. Auch für Al Capone gibt es keine Entschuldigung. Aber was soll man von Herodes denken, am Anfang ein vernünftiger König, der im Alter verrückt wurde? Vlad Tepes, bekannt als Dracula, war beides, Held und Schurke. Genauso wie Dschingis Khan war er ein tapferer Mann mit einigen üblen Angewohnheiten. Und was die arme Mata Hari angeht – sie wollte ein Leben voll Aufregung, aber am Ende wird sie sich wahrscheinlich gewünscht haben, daß sie besser daheim geblieben wäre.

SCHWARZBART

Kapitän Edward Teach wurde im späten 17. Jahrhundert geboren und kämpfte später in der Karibik als Freibeuter für die Engländer. Als der Krieg 1713 endete, begann Teach seine »private« Laufbahn als Pirat und wurde als »Schwarzbart« bekannt. Schwarzbart war ein furchterregend aussehender Mann. Sein dicker schwarzer Bart reichte ihm bis auf die Brust, und sein langes Haar war geflochten und um seine Ohren gewickelt. Schwarzbart schwang eine Muskete und ein Entermesser und trug sechs Pistolen bei sich, die über seinen Körper geschnallt waren. Er war stark, verschlagen und hatte vor nichts Angst.

Schwarzbarts liebster Trick

Wenn Schwarzbart in einen Kampf zog, hatte er kleine Kerzen in seinem Bart brennen, so daß sein Gesicht in Rauchschwaden gehüllt war.

Schwarzbart und seine Piratenmannschaft überfielen und plünderten überall auf dem Atlantik und in der Karibik Schiffe, und er war bald wegen seiner großen Waghalsigkeit und Grausamkeit bekannt. Sogar seine eigenen Männer fürchteten sich vor ihm.

Einmal schloß Schwarzbart sich und seine Mannschaft im Laderaum des Schiffes ein und zündete Töpfe mit Schwefel an. Er brüllte vor Lachen, als seine Leute hustend und von den giftigen Dämpfen halb erstickt herumstolperten.

Bei einer anderen Gelegenheit, als er mit zwei Männern seiner Mannschaft trank und Karten spielte, blies Schwarzbart plötzlich die Kerzen aus, zog zwei Pistolen und schoß damit unter den Tisch. Einer der Männer, Israel Hands, wurde in der Dunkelheit am Knie getroffen und blieb zeitlebens ein Krüppel. Nach zwei Jahren auf See ging Schwarzbart das Glück aus. Eine Segeljacht der britischen Marine verfolgte sein Schiff, und es lief auf Grund. Trotzig enterten die Piraten das feindliche Schiff und kämpften gegen die Marinematrosen. Deren Kommandant, Robert Maynard, führte ein heftiges Duell mit Schwarzbart. An 25 verschiedenen Stellen verwundet, brach der Pirat schließlich zusammen und starb.

Franz von Assisi

Der heilige Franz wurde 1181 oder 1182 in Assisi in Italien geboren. Sein Vater handelte mit kostbaren Stoffen und war einer der reichsten Männer der Stadt. Franz arbeitete im Geschäft seines Vaters. Er zog sich gerne elegant an und liebte es, mit seinen Freunden zu feiern. Aber er war großzügig und wurde manchmal getadelt, weil er zu viel Geld ausgab.

Irgendwann war Franz mit seinem oberflächlichen Leben nicht mehr zufrieden. Er feierte nicht mehr so gerne, wurde nachdenklich. Bei einem Ausritt begegnete er einem Aussätzigen. Das waren Menschen, die unter schrecklichen Hautkrankheiten litten. Weil die Bürger der Stadt Angst hatten, sich anzustecken, mußten die Kranken außerhalb der Ortschaften leben. Franz erkannte: So wie dieser Kranke an seinem Körper leidet, so leide ich an meiner Seele. Er stieg vom Pferd, gab dem Aussätzigen Geld und küßte ihn.

Das war der Beginn der Bekehrung des heiligen Franz. Er beschloß, auf sein reiches Erbe zu verzichten. Vor seinem Vater, der ihn mit Gewalt in sein bisheriges Leben zurückholen wollte, zog er sich nackt aus und gab ihm Geld und alle Kleider zurück. Gott sollte künftig sein Vater sein und für alles sorgen. Weil Franz arm war, den Kranken und Armen seine Liebe und Hilfe anbot und die Bibel in einfachen Worten dem Volk erklärte, fand er schnell viele Freunde.

Als er im Jahr 1226 starb, war aus einer kleinen Gemeinschaft von Freunden eine gewaltige Bewegung geworden. Auch heute leben Frauen und Männer in den verschiedenen franziskanischen Orden nach den Idealen des Heiligen.

Er predigte den Tieren

Der heilige Franz gilt als ein fröhlicher, naturverbundener Mensch. Zahlreiche Legenden und Bilder erzählen von seinen Predigten vor Vögeln, Fischen und anderen Tieren.

König Herodes der Große

Herodes der Große wurde im Jahre 73 vor Christus im südlichen Palästina geboren. Zehn Jahre später marschierten die Römer ein und besetzten das Land. Als Herodes heranwuchs, kam er zu der Ansicht, daß der einzige Weg für eine erfolgreiche Zukunft darin bestand, die Römer mit seinen Talenten zu beeindrucken. Und das tat er dann auch. So wurde er schließlich im Jahre 47 vor Christus zum Gouverneur von Galiläa ernannt, und sieben Jahre später krönte ihn Kaiser Augustus zum König von Judäa.

Herodes wurde »der Große« genannt, weil er, in gewisser Weise, große Dinge während seiner Herrschaft erreichte. Er verbesserte die Verwaltung des Landes und baute Häfen, Städte und Festungen, um den Römern gefällig zu sein. Unglücklicherweise war Herodes nicht nur ein fähiger und kluger König, sondern er war auch schlau, mißtrauisch und grausam. Er bildete sich ein, jedermann habe sich gegen ihn verschworen.

In einem Anfall von eifersüchtiger Wut ermordete Herodes eines Tages seine Frau, ihre Mutter und den Hohenpriester. Einige Jahre später ließ er seinen eigenen Sohn und die Söhne seiner Schwester Salome hinrichten. Je älter Herodes wurde, um so schlimmer wurde es mit ihm.

Kurz vor seinem Tod hörte Herodes Gerüchte, daß ein neuer König in Judaä auf die Welt kommen sollte. Seine Ratgeber sagten ihm, daß – nach der Heiligen Schrift – der neue König der Juden in der Stadt Bethlehem in der Nähe von Jerusalem geboren werden würde.

Obwohl er schon alt und gebrechlich war, konnte Herodes den Gedanken an einen Rivalen nicht ertragen. Daher ließ er seine Ratgeber nach dem Kind suchen, das der neue jüdische König sein sollte. Als es ihnen nicht gelang, das Kind zu finden, bekam Herodes einen Wutanfall. Er befahl seinen Soldaten, jeden Jungen in Bethlehem zu töten, der noch nicht zwei Jahre alt war. Diese fürchterliche Tat wurde als »Kindermord von Bethlehem« bekannt.

Jesus von Nazareth

Das kleine Kind, von dem die Heilige Schrift erzählt, wurde Jesus genannt. Seine Eltern, Maria und Joseph, wurden von Gott vor Herodes' Zorn gewarnt, und sie flohen gemeinsam nach Ägypten.

FLORENCE NIGHTINGALE

Florence Nightingale wurde in Florenz geboren. Im Jahre 1837, als sie 17 war, ließ Gott sie spüren, daß sie eine Berufung hatte. Florence hatte schon immer Schwester werden wollen, und so wollte sie sich fortan um die Kranken und Sterbenden kümmern. Ihre wohlhabenden Eltern, die gehofft hatten, daß Florence einen reichen Mann heiraten würde, waren entsetzt über die Interessen ihrer Tochter. Trotz dieser Widerstände ging Florence jedoch im Alter von 30 Jahren nach Deutschland, um sich als Krankenschwester ausbilden zu lassen. Als 1854 der Krimkrieg ausbrach, fand Florence ihre Aufgabe. Der britische Kriegsminister bat sie, das Militärkrankenhaus in Scutari in der Türkei zu übernehmen.

Die Bedingungen dort waren fürchterlich. Überall waren Krankheiten und Dreck, das Wasser war rationiert und das Essen ungenießbar. Die Verwundeten, die in den Korridoren lagen, weil es nicht genügend Betten gab, waren Ratten, Flöhen und Läusen ausgesetzt.
Florence organisierte das Krankenhaus neu und arbeitete zwanzig Stunden am Tag in der Betreuung der 5000 Soldaten, die ihr anvertraut waren. Mit einer Lampe in der Hand, die ihr den Weg leuchtete, ging sie jede Nacht in die Krankensäle, um nach ihren Patienten zu sehen. Die Soldaten liebten sie, und bald wurde Florence als die »Lady mit der Lampe« bekannt.
Geschichten, die von Florences Hingabe für die Kranken erzählten, wurden daheim in den Zeitungen veröffentlicht. Als der Krieg zu Ende war und Florence nach England zurückkehrte, wies sie alle Ehrungen zurück und verbrachte den Rest ihres Lebens als Krankenschwester.

Geheimnisvolle Krankheit

1857 wurde Florence leidend. Bis zu ihrem Tod 1910 litt sie unter einer geheimnisvollen unerklärlichen Krankheit. Trotzdem arbeitete sie unentwegt an ihrem Lebenswerk weiter und gründete das Nightingale Ausbildungszentrum für Krankenschwestern am St. Thomas Krankenhaus in London.

Schrubber

Zu den ersten Dingen, die Florence in die Wege leitete, gehörte die Bestellung von 200 Schrubberbürsten, mit denen sie und ihre Krankenschwestern das Krankenhaus von oben bis unten reinigten.

Al Capone

Alfons Capone ist wahrscheinlich der größte Verbrecher aller Zeiten. Er wurde 1899 als Sohn armer italienischer Einwanderer in New York geboren. Sein kriminelles Leben begann schon in seiner Jugend. Bei einer Rauferei, in die er als Jugendlicher verwickelt war, wurde sein Gesicht mit einem Rasiermesser zerschnitten, eine fürchterliche Narbe blieb. Von da an hatte er den Spitznamen »Narbengesicht«.

Als er 20 war, zog Al nach Chicago, einem bekannten Treffpunkt für Verbrecherbanden. Al Capone und ein alter Freund aus New York, Johnny Torio, taten sich zusammen und wurden bald sehr einflußreich in der Verbrecherwelt.

Sie entwickelten illegale Pläne, in denen es um Glücksspiel und andere Gaunereien ging. 1920 untersagte die amerikanische Regierung jeglichen Verkauf von Alkohol. Dies war eine günstige Gelegenheit für viele Verbrecher, sich durch Schwarzhandel mit Alkohol riesige Vermögen zu schaffen.

In dieser Zeit begann Al Capones unaufhaltsame Karriere. Er war bald der einflußreichste Mann in der Unterwelt von Chikago.
Am 14. Februar 1929 löschte Al Capones Bande im »Valentinstag-Massaker« die konkurrierende Bande von Bugsy Morant aus. Danach beherrschte Al nahezu alle kriminellen Geschäfte in Chikago.
Trotz seines Rufes, der ihm Gewalttätigkeit, Diebstahl und Mord nachsagte, wurde Al Capone nie seiner Verbrechen überführt. Seine Opfer waren entweder tot oder zu eingeschüchtert, um gegen ihn auszusagen. Al bestach Polizisten, Rechtsanwälte und Richter und sorgte so dafür, daß er niemals ins Gefängnis mußte.
1931 wurde Al Capone schließlich festgenommen, weil er keine Steuern bezahlt hatte. Er wurde zu einer Geldstrafe von 80 000 Dollar und zu elf Jahren Gefängnis verurteilt. Dort wurde Al sehr krank und deshalb aus der Haft entlassen. Er starb, bevor er das 50. Lebensjahr erreichte.

Das Klavier von Chicago

Eine der Waffen der Verbrecher war das Thompson-Maschinengewehr. Es wurde als das »Klavier von Chicago« bekannt, weil die Verbrecher seine »Melodie« gerne hörten.

KAISER CLAUDIUS

Claudius kam zehn Jahre vor Christi Geburt in Lyon in Frankreich auf die Welt. Sein voller Name lautete Tiberius Claudius Drusus Nero Germanicus. Seine Mutter gehörte dem römischen Adel an, und sein Vater war ein berühmter General. Claudius' Onkel war der Kaiser Tiberius, dessen Sohn Caligula später Kaiser wurde.

Niemand konnte sich auch nur einen Augenblick lang vorstellen, daß Claudius eines Tages über das römische Reich herrschen würde. Claudius war häßlich und unbeholfen, hatte ungehobelte Manieren und war oft krank. Außerdem stotterte und hinkte er. Er war in der Tat eine Blamage für seine Verwandten.

Für seine Erziehung und Bildung stellte die Familie einen berühmten Historiker ein, der auf den Namen Livius hörte und Claudius in Geschichte, Grammatik und Griechisch unterrichtete. Claudius war ein guter Schüler und, eingeschlossen in seine Bücherei, war er zufrieden. Niemand störte ihn, und er konnte den politischen Intrigen des Palastlebens entfliehen.

Pech in der Liebe

Claudius hatte keinen Erfolg in der Ehe. Alles in allem hatte er vier Frauen. Er ließ sich von zwei scheiden und eine hinrichten. 54 nach Christi Geburt vergiftete ihn schließlich seine vierte Frau.

Im Jahre 37 nach Christi Geburt wurde Claudius' Cousin Caligula Kaiser. Er war grausam und mehr als ein bißchen verrückt. So überraschte es niemanden, als Caligula eines Tages ermordet wurde. Die Wachen durchsuchten sofort den Palast nach dem Mörder. Sie fanden Claudius, vor Angst erstarrt, hinter einem Vorhang versteckt. Claudius hatte Glück, die Wachen waren guter Laune. Anstatt ihn zu töten, machten sie ihn an Caligulas Stelle zum Kaiser.
Claudius erwies sich als guter Herrscher. Er war gerecht und weise und verbesserte die Politik und die Gesetze Roms.
Und um zu beweisen, daß er nicht so schwächlich war, wie er aussah, marschierte Claudius mit seinen Soldaten auch in einige Länder ein.

MATA HARI

Mata Hari wurde 1876 in Holland geboren. Ihr richtiger Name war Margaretha Geertruida Zelle. Margaretha war groß und schön, und als sie 18 war, erregte sie die Aufmerksamkeit des flotten Hauptmanns Campbell Macleod. Nach einer stürmischen Romanze heirateten die beiden. Macleod wurde Offizier in der holländischen Kolonialarmee. 1897 wurde er in den Fernen Osten versetzt, und für die nächsten Jahre lebten er und Margaretha auf Java. Hier beobachtete sie die exotischen Tänzerinnen des Ostens. Abgesehen davon fand Margaretha das Leben in der Armee sehr stumpfsinnig. Von allem gelangweilt, verließ sie schließlich ihren Ehemann.

Margaretha beschloß, das aufregende Leben einer Tänzerin in Paris zu führen. Sie gab sich den Künstlernamen Mata Hari und begann, jene exotischen Tänze zu tanzen, die sie auf Java miterlebt hatte.

Mata Hari erwies sich als ein durchschlagender Erfolg. Die Männer in Paris kamen in Scharen zu ihren Auftritten, und vor ihrer Garderobentür wartete ständig eine Schlange von Bewunderern.

Als 1914 der Erste Weltkrieg ausbrach, fand Mata Hari einen Nebenerwerb zu ihrer Nummer. Sie reiste zwischen den größeren Städten Europas umher und entlockte ihren verliebten Bewunderern wichtige Militärgeheimnisse. Das Problem war, daß niemand richtig wußte, auf welcher Seite sie stand. Sie erzählte den Franzosen, sie spioniere die Deutschen aus, und den Deutschen erzählte sie, sie spioniere die Franzosen aus.
1916 traf sich Mata Hari heimlich mit dem deutschen Konsul in Holland. Aber die französischen Behörden fanden es heraus und nahmen sie 1917 in Paris fest. Mata Hari wurde vor einem Militärgericht angeklagt. Diesmal halfen ihr ihr Charme und ihre Schönheit nicht, und sie wurde der Spionage für schuldig befunden.
Am 15. Oktober 1917 wurde Mata Hari von einem französischen Exekutionskommando erschossen.

Schuldig oder nicht?

Niemand weiß wirklich, ob Mata Hari gegen Frankreich spioniert hat oder nicht. Sie war sicherlich eine gefährliche Frau, aber, wie es sich zeigte, hauptsächlich für sich selbst.

LAWRENCE VON ARABIEN

Thomas Edward Lawrence war der Sohn eines irischen Grundbesitzers. Er wollte Archäologe werden. Daher verbrachte er, nachdem er seine Ausbildung an der Universität in Oxford abgeschlossen hatte, drei Jahre im Irak, wo er die Ruinen einer alten Stadt ausgrub. Dort lernte er arabisch, trug arabische Kleider und aß arabische Nahrungsmittel.

Als 1914 der Erste Weltkrieg ausbrach, trat Lawrence in die britische Armee ein. Leutnant Lawrence wurde zunächst nach Kairo geschickt, wo seine Arabisch-Kenntnisse und seine Erfahrung im Mittleren Osten ihn zum idealen Nachrichtenoffizier machten. Lawrence hatte mit dem Führer der Araber, König Feisal, Freundschaft geschlossen. Gemeinsam schmiedeten die beiden Pläne, die Türken aus Arabien zu vertreiben.

Lawrence legte seine britische Uniform ab und trug statt dessen die fließenden Gewänder und den Kopfschmuck der Wüstenaraber. Auf einem Kamel reitend, führte er Überfälle auf die Türken an, sprengte Eisenbahnlinien in die Luft und griff Konvois an.

Im Juli 1917 feierten Lawrence und Feisal ihren größten Erfolg, als die Araber den Hafen von Akaba am Roten Meer eroberten. Ein Jahr später ritt die arabische Armee triumphierend in Damaskus, der Hauptstadt Syriens, ein, und der Wüstenkrieg war beendet. Am Ende des Ersten Weltkriegs hatte Lawrence den Rang eines Oberstleutnants. Er wurde eine Berühmtheit und erhielt den Spitznamen »Lawrence von Arabien«. Aber er war nicht am Ruhm interessiert. Er lehnte alle Ehren ab und legte sein Amt nieder. Später trat er wieder, unter einem falschen Namen, als Gefreiter in die Armee ein und arbeitete als Mechaniker für die Luftwaffe.

Tragischer Tod

Eines Tages, als Lawrence auf seinem Motorrad eine unbelebte Straße in Dorset entlangfuhr, begegneten ihm zwei Jungen auf Fahrrädern. Bei dem Versuch, ihnen auszuweichen, verunglückte er tödlich. Der Mann, der so viele Gefahren im Krieg überstanden hatte, starb auf einem englischen Feldweg.

Vlad der Pfähler

Für die Menschen in Rumänien ist Vlad Tepes (auch als »der Pfähler« bekannt) ein Volksheld. Die meisten kennen ihn als die niederträchtige, dunkle Figur des Grafen Dracula, des grauenerregenden Vampirs, der überlebte, indem er das Blut seiner Opfer trank. Doch wer war der richtige Dracula?

Vlad Tepes war in der Zeit von 1456 bis 1462 Herrscher der Walachei, einer Provinz in Rumänien. Er gelangte auf den Thron, nachdem er den vorherigen Fürsten umgebracht hatte. Jeder, der sich ihm widersetzte, wurde rücksichtslos ausgemerzt, und Vlad wurde wegen seiner Grausamkeit bekannt.

Vlad sparte sich seine größten Greueltaten für die Türken auf. Zu jener Zeit reichte das türkische Reich von Sultan Mohamed II. bis nach Europa. Vlad war nicht bereit, sich von einem türkischen Sultan Vorschriften machen zu lassen, und er weigerte sich, die jährliche Steuer von 10 000 Dukaten zu zahlen.

Mit seinen Soldaten zog er über die Donau und griff die Türken bei jeder sich bietenden Gelegenheit aus dem Hinterhalt an.

In einem Feldzug gegen die Türken im Jahre 1461 erreichte Vlads Blutrünstigkeit ihren Höhepunkt. Er und seine Soldaten löschten die Bevölkerung eines ganzen Tales aus und spießten über 23 000 Menschen auf scharfe Holzpfähle. Der Sultan weinte, als er von dem furchtbaren Blutvergießen erfuhr.

Noch im gleichen Jahr sandte er zwei Botschafter zu Vlad, um Friedensverhandlungen zu führen. Aber Vlad traute den Türken nicht. Daher nahm er die beiden gefangen und spießte sie und ihre gesamte Gefolgschaft auf.

1462 wurde Vlad selbst in Siebenbürgen gefangengenommen. Nach zwölf Jahren erst wurde er wieder auf freien Fuß gesetzt, und 1477, drei Jahre nach seiner Freilassung, getötet. Ohne die Verteidigung durch Vlad fiel die Walachei bald an die Türken und gehörte bis ins 18. Jahrhundert zu ihrem Reich.

Dracula – Die Legende

Die Geschichte von Dracula, dem Vampir, begann 1809, als ein deutscher Historiker mit Namen J. C. von Engel über Vlads blutige Taten schrieb. Jahre später verband der englische Autor Bram Stoker von Engels Geschichte mit rumänischen Legenden und schuf »Dracula«, einen der berühmtesten Horrorromane, die je geschrieben wurden.

MAHATMA GANDHI

Mahatma Gandhi wurde 1869 in Porbandar in Indien geboren. Als er 18 war, ging er nach England, um Jura zu studieren. Gandhi war einsam in London, aber er blieb lange genug, um sein Studium zu beenden. Dann kehrte er nach Indien zurück, wo er es schwer hatte, sich seinen Lebensunterhalt zu verdienen. Er nahm schließlich einen Fall an, bei dem er indische Kaufleute bei einem Prozeß in Südafrika vertrat.

Gandhi war schockiert, als er sah, wie die Briten Nichteuropäer in Südafrika behandelten. Er selbst durfte die Hotels nicht betreten und wurde aus den Erste-Klasse-Wagen der Züge hinausgeworfen. Da er sich mit dieser intoleranten Einstellung nicht abfinden konnte, beschloß er, sein Leben dem Kampf gegen Rassenvorurteile zu widmen. Während seiner 21 Jahre in Südafrika wurde Gandhi ein überzeugter politischer Führer.

1914 kehrte er nach Indien zurück. Inzwischen war er zu der Überzeugung gelangt, daß das Volk seines Landes sich der britischen Herrschaft widersetzen müsse. Gandhi war jedoch kein gewalttätiger Mann. Er glaubte, daß Veränderungen am besten durch Diskussion und friedlichen Protest zu erreichen seien. Schon bald unterstützten ihn Millionen von Indern in seinem Widerstand gegen die britische Oberherrschaft.

Eine der erfolgeichsten Aktionen Gandhis war eine Massenprotestkundgebung gegen eine Salzsteuer. »Salz gehört niemanden«, sagte Gandhi, »es sollte für alle kostenlos sein«. Um Mißbilligung und Ungehorsam zu demonstrieren, übernahm er die Führung von Tausenden von Indern auf einem 400 Kilometer langen Marsch zum Meer. Mehr als 60 000 Menschen wurden ins Gefängnis gesperrt, einschließlich Gandhi selbst, aber die Briten konnten den Protestmarsch trotzdem nicht stoppen.
1947 erlangte Indien schließlich seine Unabhängigkeit. Gandhis Kampf war jedoch noch nicht vorüber. Nachdem die Briten das Land verlassen hatten, brachen Kämpfe zwischen den Indern aus. Moslems und Hindus stritten sich um die Kontrolle des neuen Staates. Gandhis Bemühungen, die beiden Religionsgruppen zu vereinen, waren vergeblich. Am 30. Januar 1948 wurde er das Opfer eines von einem Fanatiker verübten Attentats. Der große Mann des Friedens starb einen gewaltsamen Tod.

Die große Seele

Gandhis richtiger Name war Mohandas Karamchand Gandhi, aber die Inder nannten ihn Mahatma, was soviel wie »Die große Seele« bedeutet.

DSCHINGIS KHAN

Wenige Namen in der Geschichte haben so viel Angst ausgelöst wie der von Dschingis Khan. In einigen Überlieferungen wird berichtet, daß er einen Blutklumpen in seiner Hand hielt, als er auf die Welt kam.
Dschingis Khan wurde um 1160 nach Christus in der Mongolei geboren. Sein Volk waren Nomaden, die durch die kargen Wüstengegenden Zentralasiens zogen. Dschingis' Vater war der Häuptling seines Stammes und nannte seinen Sohn Temujin.
Wie es Stammesbrauch war, heiratete Temujin im Alter von neun Jahren. Wenig später wurde sein Vater von Tataren vergiftet. Da Temujin noch nicht alt genug war, um seinen Stamm zu führen, verließen dessen Angehörige den Jungen. Er und seine Familie mußten um ihre Existenz kämpfen. Daher lernte Temujin schon sehr früh, daß er stark, rücksichtslos und schlauer als seine Feinde sein mußte, um zu überleben.
Als er heranwuchs, begann Temujin alle mongolischen Stämme unter seiner Führung zu vereinen. Jeden, der sich weigerte, sich ihm anzuschließen, ließ er verfolgen und umbringen.

1206 besiegten Temujin und seine Krieger die Tataren im Kampf. Um seinen Vater zu rächen und jede Gefahr für seine Regierung auszuschließen, befahl Temujin seinen Soldaten, jeden Tataren zu töten, der größer war als eine Karrenachse. Nur die Kinder überlebten.

Temujin nannte sich selbst Dschingis Khan, was »Herrscher der Welt« bedeutet, und rüstete die ganze mongolische Nation zum Krieg. Jeder Mann wurde zum erstklassigen Reiter und geschickten Bogenschützen ausgebildet. Seine Krieger waren Tag und Nacht unterwegs und ernährten sich von dem, was das Land hergab. Die Armeen von Dschingis Khan waren so brutal und schrecklich, daß sich ihnen wenige andere Armeen widersetzen konnten.

Im Jahre 1211 marschierten die Mongolen in China ein und nahmen 1215 deren Hauptstadt Peking ein.

Danach griff Dschingis Khan Persien an. Obwohl sich die Einwohner tapfer wehrten, wurden ihre Städte eingenommen und sie selbst niedergemetzelt. Wann immer daher die Leute hörten, daß sich die Truppen von Dschingis Khan näherten, überfiel sie so große Verzweiflung, daß sie sich kampflos ergaben.

Gewalttätig bis zum Ende

Sogar nach seinem Ableben stand Dschingis Khans Name noch mit Morden in Verbindung. Da sein Tod geheimgehalten werden mußte, bis sein Sohn Ogodei zum Nachfolger ernannt worden war, töteten Begleiter des Trauerzugs jeden, der ihnen begegnete.

Die Weiber von Weinsberg

Im Jahre 1140 beschloß der deutsche König Konrad, in die kleine Stadt Weinsberg einzumarschieren. Der Anführer der Bewohner, Wolf von Bayern, sammelte seine Männer um sich und schlug wiederholt die Sturmangriffe des Königs zurück. Aber schließlich nahm dieser doch die Stadt ein. »Ihr werdet für eure Aufsässigkeit bezahlen«, donnerte der wütende Monarch. »Alle Weiber müssen die Stadt verlassen, und alle Männer werden aufgehängt.«

Das war ein fürchterliches Urteil. Viele der Weiber weigerten sich, zu gehen. Andere baten den König um Gnade. Aber Konrad war nicht in der Stimmung, Kompromisse einzugehen. Er befahl den Weiber, Weinsberg am Morgen zu verlassen und nur mitzunehmen, was sie auf ihrem Rücken tragen konnten.

An jenem Abend packten die Weiber von Weinsberg ihre Habseligkeiten zusammen. Plötzlich hatte eine von ihnen eine Idee: »Hat der König nicht gesagt, wir könnten mitnehmen, was immer wir auf unserem Rücken tragen können?« fragte sie. »Wenn das der Fall ist, werde ich meinen Mann tragen, denn er ist mir mehr wert als alles andere auf der Welt.«

Am nächsten Morgen bot sich den Wachen des Königs am Stadttor ein sonderbarer Anblick. Die Weiber von Weinsberg standen hintereinander aufgereiht, um die Stadt zu verlassen, und jede trug ihren Ehemann auf dem Rücken. Schnell wurde nach dem König geschickt. Er warf einen Blick auf die Situation und wußte, daß er geschlagen war.

»Ein König kann sein Wort nicht brechen«, erklärte er. »Diese tapferen Weiber sind ihren Männern treu ergeben, und diese Männer können sich glücklich schätzen, solche Weiber zu haben.« Dann begnadigte er die Weiber und Männer. »Ihr könnt alle in Weinsberg bleiben«, sagte er, »und zusammen in Frieden leben«.

Eine Geschichte wird zum Sprichwort

An diese Geschichte erinnert man sich in Deutschland noch heute, und »Treu wie die Weiber von Weinsberg« ist ein bekanntes Sprichwort.

ZEITTAFEL

100 vor Christus	
Zeitenwende	
Geburt Christi	
1000 nach Christus	
1100	
1200	
1400	
1600–1700	
1800–1900	

73–4 v. Chr.	Herodes
10 vor – 54 n. Chr.	Kaiser Claudius
1140	Die Weiber von Weinsberg
um 1162–1227	Dschingis Khan
um 1430–1477	Vlad der Pfähler
um 1680–1715	Schwarzbart
1820–1910	Florence Nightingale
1876–1917	Mata Hari
1888–1935	T. E. Lawrence
1869–1948	Mahatma Gandhi
1899–1947	Al Capone

INDEX

Akaba 21
Arabien 20
Atlantik 7
Augustus, Kaiser 10

Bethlehem 11
Britische Armee 20, 21

Caligula, Kaiser 16, 17
Capone, Al 14, 15, 30
Chicago 14, 15
Claudius, Kaiser 16, 17, 30

Damaskus 21
Donau 22
Dracula 23
Dschingis Khan 24, 25, 30
Engel, J. C. von 23
Einwanderer 14

Feisal I, König des Irak 20, 21
Florenz 12
Franz von Assisi 8, 9

Galiläa 10

Hands 7
Herodes der Große 10, 11
Hindus 25

Java 18
Jerusalem 9, 11
Jesus von Nazareth 11
Jordan 31
Joseph von Nazareth 11
Judäa 10, 11, 31

Kairo 20
Konrad, Kaiser 28, 29
Krimkrieg 12

Lady mit der Lampe 13
Lawrence, Thomas Edward 20, 21, 30
Livius 16
London 13, 14

Macleod, Hauptmann Campbell 18
Maria, Mutter Jesu 11
Mata Hari 18, 19
Maynard, Leutnant Robert 7
Mohamed II., Sultan 22
Morant, Bugsy 15
Moslems 25
Narbengesicht 14
Nightingale, Florence 12, 13, 30

Ogodei 27

Palestina 10
Paris 18, 19
Persien 27
Peking 27
Piraten 6, 7
Porbandar 24

Römer 10, 16, 17

St. Thomas Krankenhaus 13

Salome 10
Schwarzbart 6–7, 30
Spionage 19
Stoker, Bram 23

Tartaren 26, 27
Teach, Kapitän Edward 6, 7
Tepes, Vlad 22, 23, 30
Tiberius, Kaiser 16
Torrio, Johnny 14
Türken 20, 21, 22, 23

Vlad der Pfähler 22, 23

Wallachei 22, 23
Weinsberg 27, 28
Wolf von Bayern 28
Weltkrieg I. 19, 20, 21

Zelle, Margaretha Geertruida 18, 19

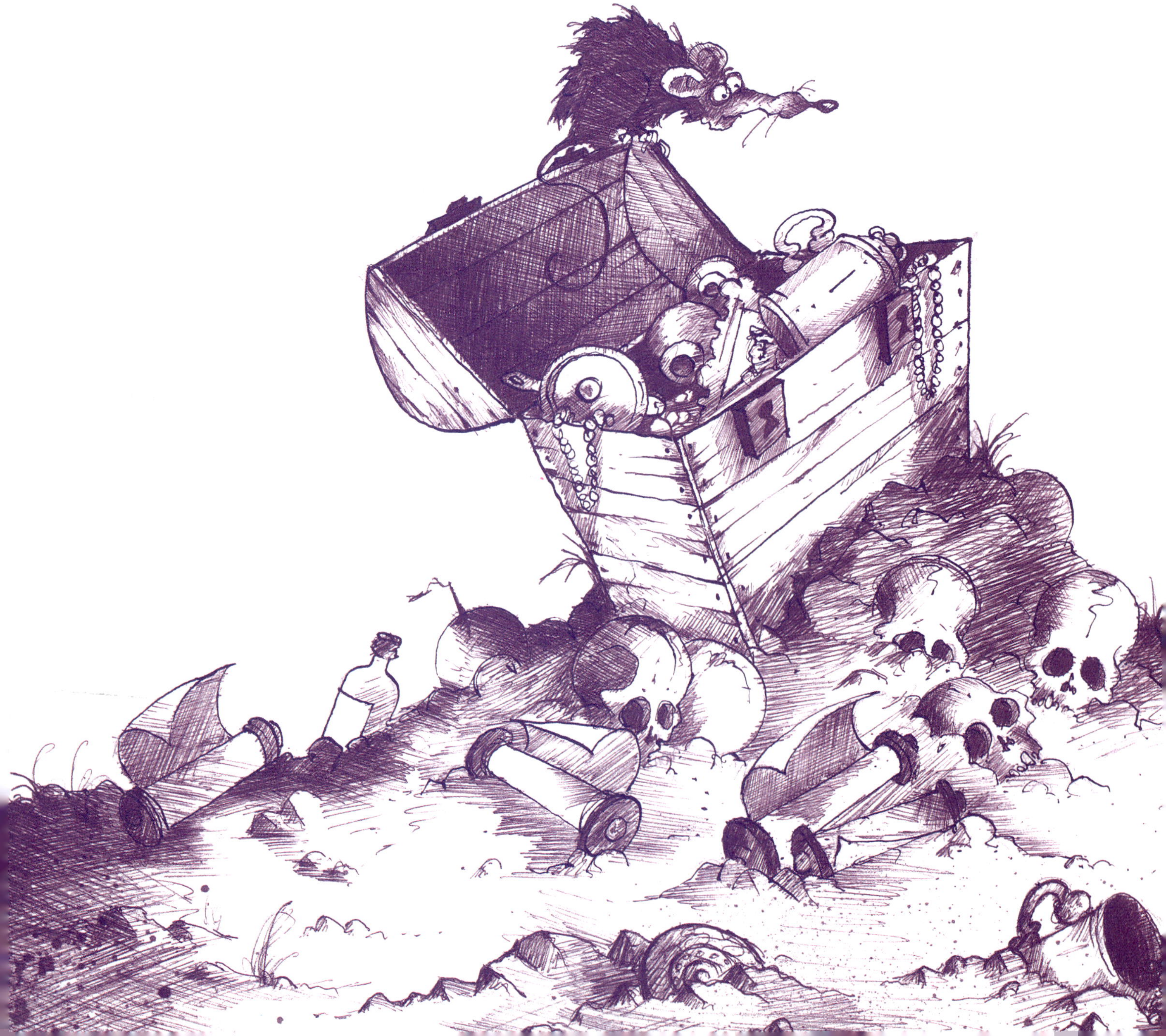